물속에 감추어둔 말들

최명순 시집

물속에 감추어둔 말들

모악

시인의 말

볼 것도 즐길 것도 없던 시절에 '독서'는
유일한 특기이자 취미였던 때가 있었다. 그리하여
그 시절 문학청년, 문학소녀가 많았다.

비 오고 눈 내리는 날 일기처럼 써놓았던 것들,
나 세상 떠난 뒤 들여다볼 용기 없으니
더 늦기 전에 펼쳐내 보라는 딸의 말에
못 이기는 척 꺼내 보았다. 낙서 같고 푸념 같아
우세스럽지만 못 다 푼 숙제를 마친 느낌이다.

주름진 내 얼굴이 낯설어 눈물로 그렸다는
남편 유휴열과 말없이 두 손 잡아 준 사위 김용범,
친구 같고 동생 같은 딸 유가림에게 고맙다.

처음부터 끝까지 길잡이가 되어주신 시인 박남준님과
흔쾌히 도움말 주신 정철성 선생님께 감사드린다.

2022년 6월
최명순

차례

2부 밤마다 꿈마다

3부 꿈과 사연을 찾아

4부 화가의 아내

1부
아름다운 이름

봄비

첩첩
깊은 골짜기 잔설이 녹아 흘러
들릴 듯 잡힐 듯
스쳐 지나는 바람을 잠재우고
골방에 스민 햇볕 밀어내며
소리 없이 내리는 봄비

숨죽여 젖어 드는
잊은 듯 지워 버린
책갈피 속 추억들
치맛자락에 엉겨 붙은
도깨비바늘 같은 그리움을
도란도란 꺼내어 보는
봄비 오는 날

산길

솔잎이 수북이 쌓인 비탈길을 걸어보셨나요
먹시 감이 후두둑 떨어지는 소리 들어보셨나요
수수밭 길 바람과 만나본 적이 있나요
떡갈나무잎 나뒹구는 외딴집 마루를 본 적이 있나요
그 집 장독대 옆 사루비아 꽃은요
허물어진 무덤 옆 은빛 억새풀을 꺾어 본 적이 있나요
그 무덤 속 얼굴을 그려 본 적은요

비로소 나를 찾아

처음 당신을 만나
바람과 얘기하는 것을 알았고
두 번째 만나
꽃과 눈 맞추는 법을 배웠다
하찮은 일상사가 소설이 되고
거칠고 메마른 손도 감출 것 없으니
당신 앞에서 나는 다시 태어난다

좋아하는 것이 무엇인지
하고 싶은 것이 무엇인지
미처 생각할 겨를도 없이 살아온 날들
까치발로 종종거리던 숱한 순간들
이제는 나를 찾아
바람과 얘기하고 꽃과 눈 맞추며
훨훨 꽃비처럼 날고 싶다

새벽별

꿈과 현실의 모호한 그늘에서
낯선 땅의 순례자

어디서 와서 어디로 가는지 바람처럼
조금은 몽롱하고 조금은 들뜬
한 소년의 휘파람 소리

졸음도 하품도 달아나고
비늘 벗긴 아픈 상처들

어둠 속을 돌고 돌아
시퍼런 달빛이 창문을 두드리면
목련꽃 떨어지듯 빈숲에 별이 진다

옛 편지

마른 잎이 흩날리는 길을 걸을 때
함박눈이 소리 없이 내려 쌓일 때
석양에 물안개 피어오를 때
문득 편지가 쓰고 싶습니다

누구나 가슴속에
수백 개의 방을 만들고
문패를 하나씩 달고 산다는데
빙빙 맴돌며 미처 못 한 이야기들
또박또박 쓰고 싶습니다

그러나
손가락 하나로 소식을 주고받는 세상
기다릴 것도 궁금할 것도 없이
금방금방 사진을 보내고 답글도 받지만
오직 애타는 그리움은
빨간 우체통에 쌓여만 갑니다

꿈길

행여 다시 볼 수 있을까
선뜻 눈 못 뜨고
머뭇거리는 새벽

보일 듯 말 듯
뒷모습만 남긴 채
당신은 달아날 채비를 하고

굽이굽이 뒤척이며 찾아 헤매다
또다시
밤이 오면

강을 건너
산을 돌아
당신을 만나러 가는 길

시계

사는 것이 아무것도 아닌 것이 아니라는데
못자리에 물 가두듯
당신이 삼켰을 숱한 말들
가슴에 무거운 돌멩이 한둘
매달고 있지 않은 사람 어디 있으랴

온종일
제 자리 빙빙 돌며
채우고 비우고
또 채우고
빈 그림자 밟고 있는 그대

집이 늙으면 벽도 늙어
온갖 풍상 아는지 모르는지
세월 저편에 동그란 못 자국
그래도 그대는 내게
내일이 있음을 말해준다

이별 후

빨랫줄에 깃발처럼 이불을 널다
폭설에 얼어 죽은 대나무
그 속에 숨어있는 새잎을 본다
왜 몰랐을까
이 순간이 금방이라는 것을
보내고 나서야 아쉬움만 남아
아직 채 가시지 않은 흔적
찬물에 흔들어 비벼 빤다

바지랑대에 걸린 빨랫줄처럼
사는 것이 아슬아슬한 줄타기인데
끈질기게 뻗어 가는 대나무 뿌리
인연도 그렇게 질긴 줄 알았으니
왜 몰랐을까 함께 있을 때는
서걱거리는 대 바람 소리
뒤늦은 후회만
공중에 펄럭거린다

아름다운 이름

세상에서
가장 너그럽고 아름다운 이름
외할머니
천사를 곳곳에 보낼 수 없어
어머니를 보내셨다는데
그보다 더 푸근한 사랑
외할머니

지긋이 눈감으면
볼을 간지럽히는 산들바람
멀리서도 발길을 끄는 은목서 꽃향기
행여나 잠 깨울까
가만가만 내리는 보슬비처럼
생각만 해도 훈훈해지는
외할머니

자화상

호박 줄기 같은
쭈글쭈글한 목덜미
나이를 거스르는
탱탱한 여자도 버겁지만
성큼성큼 시간에 발맞추는
뒷모습도 처량하다

노래도 쉬어가는 대목에 여운이 있고
멈칫거리는 춤사위로 흥이 돋는데
세월은
내게 한 틈도 주지 않으니
겁날 것도 부끄러울 것도 없는
네거리 어디서나 만나는 낯익은 얼굴

풀린 봄날
무거운 코트를 질질 끌 듯
멈칫거리며 신호등을 건너는
그 모습이 내 모습이고
봄바람에 쉬어 잠긴
그 목소리가 내 목소리

마음은 여전히 꽃피는 봄날
내 모습 어딘가에
곱게 눈부셨던 흔적 하나 남아있기를
내 목소리 어딘가에
맑고 수줍은 미소 하나 남아있기를

서분이

서운하고 분하다고 서분이었을까
넷째 딸 '끝자'가 두 살에 죽고
뒤따라 태어난 서분이
툇마루에 앉아 아버지는 담배만 피우고
어머니는 핏덩이를 돌돌 말아 윗목에 밀쳐놓고

서운이 서북이 제멋대로 불리다
초등학교 입학 즈음
밝고 순하게 살라 개명했지만
서분이는 질질 그림자를 끌고
오랫동안 나를 따라다녔다

능소화

무심코
들여다 본 거울 속에
웬 낯선 여자가 앉아 있다
엄마 같기도 하고 언니 같기도 한
영정사진처럼 허망한 여자

뜨거운 햇볕 아래
온몸을 내놓고
깨죽나무 꼭대기에 피어오른 능소화
무당 옷보다 진한 꽃잎이
짓무른 상처를 핥는다

행복은 행복해지려 작정한 만큼
한바탕 소낙비 내리고
능소화 꽃잎이 미소처럼 번진다

물속에 감추어둔 말들

누군들 가슴에 숨겨둔 사랑
한둘 없으랴만
내 앞에 서 있는 당신
당신 등허리에 묻어있는 어떤 사랑이
나를 슬프게 합니다

겨울 산에 올라 눈사람이 되고
새벽 강가 얼음꽃이 되어도
가슴속 열꽃은 훨훨 타올라
온몸이 무너져 잿더미가 됩니다

하얀 취꽃을 꽂아 주며
흐르는 물속에 감추어둔 말들
세상에 변하지 않는 것 없으니
곧이곧대로
내 사랑만 믿은 건 아니지만

그러나
사랑하는 이여
이렇게 덧없는 것이 사랑일 줄
진정 몰랐습니다

깊은 슬픔

소리 내어 우는 것보다
뒤돌아 어깨를 들먹이며 우는 울음이 더 깊다
잇몸이 내려앉고 숨이 턱턱 막히면
비로소 사는 것이 만만치 않아

솜털같이 가벼운 눈이 쌓이고 쌓여
아름드리나무를 부러뜨리고
수수밭 사이로 훑고 가는 바람
나도 그 바람에 얹혀 산과 강을 건넌다

맨발로 뜨겁게 달구어진 모래밭을 걷듯
그렇게 말없이 하루가 가고
한 조각의 아픈 비늘
싸르륵싸르륵 눈 소리에 떠오르는 얼굴

이사 가는 날

용달차에 얹어진 서글픈 짐들
하나하나 이야기와 추억이 있건만
모조리 알몸을 내놓고
바람 씽씽 부는 길거리에

허름한 책과 가구들
사연만큼 정도 깊은데
낯선 방으로
한낱 짐짝 되어 던져지고

사는데 필요한 것이 이리도 많은가
정작 밥그릇 몇 개와 옷 서너 벌
씻을 것과 덮을 것이면 되련만
꾸역꾸역 그득한 저 보따리

버릴 것이 어디 짐뿐이랴
터진 만두 속 같은 심사
낡은 짐만큼이나 부끄러운
이사 가는 날

빈집

간다 온다 아무런 말없이
당신은 어느 날 갑자기 떠났습니다
믿을 수가 없어
포도주 몇 잔을 마시고 그대로 누웠습니다
황량한 가을 들판
시들어진 배춧잎처럼 널브러져 잠만 잤습니다

문틈으로 들어온 몇 줄기 햇빛 속으로
부연 먼지가 섬처럼 떠다닙니다
뒷마당에는 새끼 고양이가 어슬렁거리고
벽을 타고 올라온 담쟁이는 내 몸을 칭칭 감아버립니다
천정이 내려앉고 벽도 허물어져
여기저기 당신의 흔적들이 소리 없이 기어 다닙니다

온다 간다 아무런 말도 없이
그렇게 당신이 떠나고
빈집만 무덤처럼 남았습니다

산북에서

대둔산 가는 길
예전엔 깊은 산중이었을 마을길을 걷고 있었다
새벽이슬이 채 걷히지 않은 콩밭과 수수밭을 지나는데
맨땅에 꿇어앉은 노인을 보았다
칡넝쿨 같은 두 손을 모으고
공손히 고개를 숙인

벌써 밭에 갔다 오는 길이었을까
산허리마냥 굽은 등은 소쿠리를 엎어 놓은 듯
허벅지에 뒤꿈치가 닿아 한 덩어리가 되어버린 가벼운 몸
머리칼을 억새풀처럼 흩날리며
무엇을 빌고 있을까

발소리 죽이며
가던 길 되돌아서다
간절히 빌었다 하늘을 향해
저 노인의 기도가 이루어지기를

겨울 산

며칠 앓고 난 퀭한 얼굴처럼
진액이 숭숭 빠져나간 산등성이
꽃비 내리던 오솔길은 눈꽃만 수북하고
살얼음 땅에 고스란히 굳은살이 아문다
뒷걸음질 치는 힘으로 더 멀리 튕겨 오르듯
상처가 깊어야 삶이 무르익는가

봄도 정녕 그리 오는가
이파리 다 떨군 빈 몸으로
하염없이 눈을 받는 겨울나무
영산홍 진달래 가슴팍에
솜이불 뒤집어쓴 하얀 산
눈 뭉치 떨어지는 울림만 길게 퍼진다

2부
밤마다 꿈마다

밤마다 꿈마다

잊은 듯
이제는 그럭저럭 살 수 있겠다 싶으면
불현듯 나타나는 당신
길모퉁이 포장마차 속에서
신호등 건너 찻집 안에서
서성이는 희미한 그림자

나의 사랑이
당신을 옭아매는 멍에였을까
나의 눈물이
그대의 발목을 잡은 것일까

밤마다 꿈마다
쓸쓸하고 서럽고 야윈 그대 모습
부둥켜안고
엉엉 소리치며 울고 난 다음 날엔
목은 쉬어 잠기고
하루 종일 흙바람만 분다

아버지의 구두

나무들 수군거림이 귓속에 머물다
바람이 손끝에 묻으면
비로소 생각난다

골목 언저리 돌고 돌아
붉은 석양빛을 보면
비로소 보인다

빌딩 숲 사이사이로
깨지고 넘어지고 부서지면
비로소 그립다

아버지의 구두
질긴 가죽도 긁히고 해지는데
얄팍한 가슴엔들 피멍 맺히지 않았을까

넋두리 한번 시원스레 못 뱉고
긴 숨 몰아쉬는 뒷모습
닳아진 아버지의 구두코에 눈물이 떨어진다

또 다른 이름

봄은 비와 함께 오고
죽음은 회한과 더불어 오는가
사랑은 잃은 뒤에 더욱 사무치고

도무지 모를 일이야
정녕 사는 것은 소설이 아닌 것을

된장 밑에 차곡차곡 넣어 둔
곰삭은 깻잎
아내는 어머니의 또 다른 이름

꽃잎이 바람에게
바람이 꽃잎에게
서로 말 건네며 무심한 듯 살 수밖에

딸에게

우리 모두 아는 것처럼
꿈은 꾸는 사람의 것이고
간절히 바라면 이뤄진다하지
하지만 얘야
넘어져 쉬어갈 때도 있단다
한 박자 쉬었기에 더 멀리 뛸 수 있고

슬픈 눈으로 세상을 보면 온갖 것이 다 쓸쓸하고
기쁜 눈으로 세상을 보면 소소한 것도 다 아름다워
네가 무엇이 되어
어찌어찌 사는 것이 뭐 그리 중요할까
달게 잠자리에 들고
새벽에 가뿐히 일어나기를

그래서 얘야
네 어깨가 반듯이 펴지고
너도 누구에겐가
오래된 가구처럼 편안하기를

고향집

동네 초입에 들어서면
개 짖는 소리
애기 우는 소리
다듬이 소리
물 긷는 소리가 들렸었다 그때는
아버지를 낳고 할머니가 사시던 곳

그 소리들도 모두 도시로 떠나
이제는 죽은 이의 땅이 되어버린 곳
산과 골짜기는 정지된 흑백 사진
이따금 모래바람만 산길을 돌아나가고
불 때는 아궁이보다 무덤이 더 많아
살고 죽는 것이 낯설지 않는 곳

미처 떠나지 못해 발목 잡힌 육촌 당숙
이산 저산 조상을 돌보며
보살님 설법보다 깊어진 미소로 배웅하는 곳
비어버린 집만큼 잡초만 무성한 논밭
허물어 내린 담장에 졸음이 마실 오고
해묵은 감나무에 홍시가 무르익는 곳

어머니

나의 어머니는 곰보였습니다
그 흉터가 무에 그리 부끄러웠는지
길에서 마주쳐도 나는 딴청만 부렸습니다
어머니 아래로 열하나를 낳아 열은 돌 안에 잃고
마지막 외삼촌 하나만 건진 외할머니는
딸이라서 글을 가르치지 않았답니다
그래도 어머니는
버스도 잘 타고 셈도 아주 잘하는 여장부였습니다
일찍 청상이 되어 큰살림을 꾸리며
항상 문 칸 방에는 멸치 장사 소쿠리 장사들을
재워주고 먹여주었습니다
그때는 그게 왜 그리도 싫었던지

내 생일엔 팔자 순하라고 수수팥떡을
도시락엔 달걀말이를 잊지 않았고
해질녘이면 문밖에서 기다리셨습니다
새벽인지 밤인지 손등이 벌겋도록 일을 해도
나는 아랫목에서 책만 읽었습니다
큰딸을 남편처럼 작은딸은 친구로
셋째 딸은 그저 자식같이 막내인 나는 아들로
그래서 일곱 살까지 나는

바지저고리와 두루마기를 입었습니다

큰언니가 첫아들을 낳았을 때
그리고 내가 선생이 되었을 때
어머니는 환하게 웃으셨습니다
평생 좋다 나쁘다 별말이 없던 어머니였는데
그런 어머니에게 따뜻한 밥상 한번 차려 드리지 못한 게
내내 억울하고 속이 상합니다
내 나이 스물여섯에 돌아가셨으니 철도 들었으련만

제삿날 명절날
뒤늦게 어머니 밥상을 차려드립니다.
그리고 이제 와 곰곰이 생각해 보니
어머니 얼굴이 부처님상이었습니다

큰언니

큰언니는 내게 어머니입니다
어머니는 항상 먼발치에 서 있고
씻기고 재우고 업어준 것은 큰언니였지요
아버지 얼굴도 모르는 막내가
언 가슴에 생손앓이로
열여섯 살 차이이니 딸 같다 했습니다
아이에서 소녀로 처녀로 너울너울 날아갈 때마다
큰언니는 내 허물을 벗겨주고
은빛 금빛 새 날개를 달아 주었지요

나 시집간 이듬해 어머니 돌아가시고
삼년 후 딸을 낳자 큰언니는 외할머니였습니다
나를 키우듯 여전히 딸에게 빵도 구워 주고
인형도 사주고 옷도 책도 사주었습니다
그런 큰언니가 나를 몰라봅니다
뉘시오, 어디 사시오 묻습니다

아버지는 나귀 타고 장에 가시고
뜸북뜸북 뜸북새 논에서 울고
긴 밤 지새우고 풀잎마다 맺힌
아들 이름도 내 얼굴도 잊어버렸지만

초롱초롱 노래는 잘 부릅니다
하루 종일 노래만 부릅니다

부부 1

부모 자식보다
형제자매보다
더 질긴 인연의 끈

돌아서면 또 보고 싶어
호주머니에 넣고 싶다던 그 마음도 잠깐
그토록 애달픈 정도
열병처럼 들끓던 애욕도
물거품처럼 스멀스멀 사라지고

토라지고 싸우고 웃고 울며
언제나 항상 그 자리에 있을 것 같은
나중에는 또 다른 나를 보듯
그러면서 평생을 산다

열무김치

잊은 것이 아니라
차마 말을 하지 않을 뿐
논두렁에 널브러진 자주색 콩 꽃
미처 알맹이도 여물기 전
비바람에 휩쓸려 사라졌으니

한고비 넘겼다고
열무김치에 밥을 비비는데
급히 부르는 소리
달려가니 이미 그대는 먼 길 떠나고 있었어
그 길이 어디일까 어떻게 생겼을까
깜깜하면 어쩌나 추우면 어쩌나

조금 먼저 갔다고 흔히들 말하지
좋은 곳으로 갔다고 다들 말하지
그러나
한여름에 먹는 풋풋한 열무김치
담글 수도 없고 먹을 수도 없어

부부 2

오래 입어 헤진 옷처럼
늘 다니던 동네 길처럼
멀리서 발소리만 들어도
밥을 먹었는지 술을 먹었는지
알 수 있지요

부부처럼 만만한 게 없다 해도
또한 부부처럼 어려운 것도 없어요
당신의 헛웃음에
숨겨둔 외로움이 있듯
내 가슴에 푸르디푸르게 돋는
소름도 있어요

그러나
알면서도 모르는 척
모르면서도 아는 척
서로 자신을 내어주는
벼루와 먹 같기만을 바랄 뿐이지요

어머니의 가을

찬바람이 불기 시작하면
어머니는 꼭 토란국을 끓이셨다
들깨즙에 밤톨 모양 토란을 깎아 넣고
들기름 발라 푸르스름하게 구운 김과
젓갈 냄새 진한 갓김치
입 안 가득 차오르는 햅쌀밥 냄새
그렇게 가을이 왔다

어머니는 여자도 아니었고 곱지도 않았다
가고 싶은 곳도 먹고 싶은 것도 없었다
설레고 그리운 것도 없는 줄 알았다
그때는 왜 몰랐을까

이렇다 저렇다 말 한마디 없이
졸린 눈으로 산 그림자를 쫓듯
어머니는 그렇게 가버리셨다
어떻게 다 놓고 가셨을까
종종거리며 차려주던 밥상만 남겨두고
가을 아침만 덩그러니 남겨두고

탯줄로 묶인 인연

어미 사랑은 늙지도 않아
애간장이 녹아 입에서 단내가 나고
어미가 된다는 것은
전생에 갚아야 할 것이 하도 많아

맨발로 바다를 향해 108배하는 여인
맨땅에 주저앉아 하늘을 향해 울부짖는 여인
그 여인이 어머니여라

비우고 또 비우고
채우고 또 채우고
어느 눈물이 이토록 넘쳐 강물에 이를까
어느 기도가 이토록 절절하여 하늘에 닿을까

지독한 사랑도 병 일진데
탯줄로 묶인 무서운 인연
평생 치르고도 모자라는 형벌인가

부부 3

산속에는
어둠도 일찍 내려와
초저녁도 한밤중인 듯
은행을 구워 먹으며 오래오래 살라 합니다

치자꽃처럼 가슴 떨리는 사랑은 아니지만
네 살이 내 살 같아
목덜미 주름에도 코끝이 짠하고
처진 어깨에도 눈시울이 아립니다

어쩌다 우리가 만나
수많은 사람 중에 우리가 만나
굽이굽이 살아온 봄 여름 가을 겨울
어제 일처럼 눈에 선합니다

산자락 한 귀퉁이 외딴집에서
대 바람 소리에 슬며시 잠이 들고
눈 내리는 소리에 잠이 깨는
우리는 부부입니다

그리운 당신

햇무를 채 쳐 얹고
들큰하게 밥을 지어
깨소금 간장으로 비비다가
사무치게 그리운 당신
초겨울 무밥을 유난히 좋아했지

이불을 빨거나
김장할 때
당신은 그림자처럼 내 뒤에 서서
안쓰러운 눈빛으로
내 손목을 어루만지고

질척거리는 썰렁한 시장 국밥집
고소한 파전 하나 시켜놓고
막걸리 한 사발
허물없이 마시고 싶은 당신
이제는 가고 없는 빈자리

김장하는 날

새벽시장
얼지 않은 무와 배추를 사와 소금에 절인 후
찹쌀죽을 쑤어 고춧가루를 풀고 양념을 다진다

우물가에서 벌겋게 언 손으로 머리에 수건을 쓰고
어머니는 키가 넘는 배추 더미 속을 왔다 갔다 하셨지
그날은 동네잔치 날이었어
무쇠솥단지에 동탯국 철철 넘치게 끓이고
윤기 나는 쌀밥에 금방 버무린 가닥 김치
옆집 앞집 뒷집 모두 모여 점심을 먹었어
온 동네에 젓갈 냄새
해질녘 마당 한쪽에서는 땅을 파 항아리를 묻고
나는 고샅을 뛰어다니며 심부름을 했지
김치 담은 양푼을 들고

이제는 바람 한 점 들어오지 않는 따뜻한 부엌에서
한 광주리의 배추도 김장이라고
나 홀로 깨소금 냄새만 가득 풍긴다

길

내가 받은 가장 큰 은총은
조금씩 잊혀지는 기억과
저절로 흐르는 세월
벌겋게 불에 댄 상처도
낭떠러지에 매달린 절망도
하루 이틀 지나면 견딜 만해지고

그저 옆에 있는 것조차 선물인 것을
떠난 뒤에야 알았으니
돌무덤같이 켜켜이 추억만 쌓여
돌멩이 하나에 시름 하나 날려 보내고
그곳이 어디일까
그 길이 어디쯤일까

치맛자락을 움켜쥔 채
당신을 찾아 떠나는
쓸쓸한 먼 길

결혼기념일

진눈깨비 내리는 겨울날
그저 같이 있고 싶은 설렘으로
겁 없이 시작한 신접살림
풋풋한 살구 냄새가 났었지 그때는

멍들고 부대끼며 지내온 수십 년
새삼스레 기쁠 일도
애가 타는 그리움도 없지만
멀리 발자국 소리로도 알 수 있지 이제는

새벽녘 문득 뒤척이다 맞닿은 발뒤꿈치
그 따뜻한 온기에 다시 잠이 들고
함께 살아온 세월만큼
고단한 어깨에 실린 짐이 안쓰러워

늘 같은 밥 같은 나물이지만
그래도 새롭게 차리는
그날 아침 밥상

일기

하루하루 하루가 모여
일생인데
어제가 오늘 같고 오늘이 내일
차 한 잔에 시름이
술 한 잔에 한숨이

길 떠난 낱말들은
알맹이 없이 빈칸만 메우고
못다 푼 숙제처럼 답답하기만 한데
그래도 흰 종이 가득 써 내려가면
수레바퀴 깊은 자국 스르르 지워지고

바람이 지나간 자리마다
하얀 목련 꽃망울 터지는 소리
온산에 흐드러진 진달래꽃
그 향기에 몸이 풀리듯
그렇게 또 하루가 흘러간다

3부
꿈과 사연을 찾아

연필

연필은 내게 주는 위로이고 기도다
꼭꼭 눌러 쓰노라면
미처 드러내지 않은
누구에게도 보이지 않은 상처들이
종이 위에 나란히 줄을 선다

가지런히 깎은 연필은 정갈한 시골 부엌 같다
또박또박 실타래 풀듯
닳아지는 연필만큼 사그락사그락
꽃신을 신고 실바람 맞으며
내 안의 응어리가 조금씩 사라진다

시 1

별 좋은 담벼락
채송화 맨드라미 강아지풀과 놀던
쓸쓸한 유년

시집간 언니들 그리워하며
외롭고 무덥던 여름밤
언니들이 남기고 간 『한국문학 百選』을 읽고
시를 흉내 내며 아침을 맞았다

시가 무엇인지 어떻게 쓰는 것인지
알지 못했지만
안으로 안으로만 웅크리는 나를
친구들은 문학소녀라 불렀지

아주 오래오래 잊고 살다
달 밝은 밤이나 눈 내리는 새벽
옛 친구가 생각나듯
그렇게 홀로 그리워했다

밥

어둑해진 여름날
대문에 들어서면 간 고등어 졸이는 냄새
늦잠 자다 문득
초가을 아침 청국장 끓이는 소리

금방 지은 구수한 밥 한 그릇과
알록달록 상보 덮인 밥상
밥은 그냥 밥이 아니라
추억이다 그리움이다

혼인날
초상 날
멍석 위에 차려진 푸짐한 교자상도
이제는 영화 속 풍경

입은 옛 맛이 그립고
사람도 옛사람이 좋아
날마다 먹어도 질리지 않는
밥 같은 사람

귀가

바람처럼 돌다
무심히 던진 몇 마디 말과
내 걸음에 묻은 찬바람이
누군가 할퀴지 않았을까 싶은 날

어떤 이는 나라를 걱정하고 세상을 구하려는데
생선이며 과일 담은 검정 비닐봉투
움켜쥔 내 손이 초라하고 부끄럽다

타고난 그릇대로
그저 분수껏 살자 하다가도
새삼스레 발걸음이 무거운 날

눈보라 치는 밤 따뜻한 아궁이만큼
봄날 사과꽃 향기만큼
한 손 내밀어 시린 손 녹일 수 있기를
스스로 다짐하며
집으로 오는 길

모닥불

바람처럼 모두 사라지고
나 혼자 남겨진 오후

이리저리 뒹굴다 창밖을 보니
눈 쌓인 마당에 빨간 남천 열매
처마 끝에 매달린 풍경소리뿐

주섬주섬 나뭇잎을 긁어모아 불을 지폈다
눈밭에 타오르는 모닥불이 눈을 녹이고
내 눈에서는 매운 눈물이 흘러

언 땅을 녹여 몸을 태우는 찬란한 불꽃

시 2

아무나 쓰는 것이 아니라 생각하니
단 한 줄도 쓸 수가 없었다
넋두리이고 낙서 같아서

목까지 차오르는 생채기
참다 참다
그것을 토하는 것이려니

언제 떠날지 몰라
불현듯 옷장이며 서랍을 정리하는
우울하고 막막한 일상

어디엔가 누구에겐가
시라는 것에 기대어
나를 다독이고 쓰다듬는다

병상에서

새벽을
병실에서 맞이해 보지 않은 사람도
빨간 단풍잎을 보면 눈물이 날까
아무렇지 않게 걷고 숨 쉬고 잠자는 것이
이토록 큰 행복인 것을

침대 구석구석 묻어있던 염증이
어둠 속에서 밤새 보채다
몸이 먼저인지 마음이 먼저인지
지칠 대로 지친 후에 찾아오는
잔잔한 평화

미워할 것도 섭섭할 것도 없는
텅 빈 가슴이 이렇게 편안한 것을
창밖 흐드러진 노란 국화꽃을
볼 수 있음이 그저 고맙기만

꿈과 사연을 찾아

진눈깨비 내리는 날
강추위 오기 전에 김장하고
헛간에 연탄들이던 심정으로
서점에 들어간다

무릎까지 눈이 쌓여 꼼짝없이 갇히면
곶감 빼먹듯 한 장 한 장 읽을
고소하고 가슴 찡한 이야기들
네팔에도 가고 베니스에도 가고
집시에서 바람난 유부녀까지
한 아름의 꿈과 사연을 찾아

이제는 볼 것 재미난 것이 넘쳐나는 세상
그래도 따뜻한 아랫목이 그리운 날
책 한 권 들고 어린 시절로 되돌아가고 싶어
이 책 저 책 허기진 듯 집어 든다

세월

김밥 말 듯
차곡차곡 기억의 조각들이
선명한 빛깔로 되살아나
몇 십 년 세월이 김 한 장에 녹아들고

어느 노인이 말하듯
반은 이승에서 반은 저승에서 산다는데
내 삶의 궤적이
조금은 아름다웠으면

좀 더 너그러워지도록
좀 더 편안해지도록
빈 가슴 빈손으로 맑은 풀꽃처럼
그렇게 살 수 있었으면

시 3

날이 갈수록
시가 무엇인지 모를 일이야
우연히 들리는 베토벤의 '로망스'에
설거지를 멈추고 한없이 창밖을 바라보다
가슴을 쓸어내리는 그리움

플라타너스 신작로
초겨울 산사의 부뚜막
솔바람처럼 빗소리처럼
해묵은 앨범 속의 보고 싶은 얼굴
내게 시는

인터넷으로 속옷도 사고 고등어도 사는 세상
공상영화와 만화에서 보았던 것들이
다 이루어지는 오늘
안 되는 것도 없고 못 할 것도 없는
숨 가쁜 일상 속에

몇 줄 써놓은 것들은
너덜너덜한 잡동사니
날이 갈수록

시를 어떻게 쓰는지 모를 일이야

도무지 모를 일이야

기도 1

벌거숭이 맨몸을 드러내 보이는 것이
이렇게 부끄럽지 않을 줄 몰랐습니다
울부짖으며 원망해도
전혀 뒤가 켕기지 않을 줄
끊임없이 달라고 졸라대도
뻔뻔한 줄 몰랐습니다 아무 말 안 해도
이미 모든 것을 알고 있을 줄 정말 몰랐습니다

남풍에 실려 오는 봄바람에
꽃잎이 흩날리듯 당신을 만납니다
등이 휘어져 휘청거리다
차 한 잔을 끓이는 숨결로 당신을 만납니다
소낙비 그친 후
영롱한 무지갯빛으로 당신을 만납니다
달빛이 소복이 마당을 쓸며
무명 이불에 안기듯 당신을 만납니다

사방팔방 헤매다 서러움에 지쳐
내 마음 내 멋대로 찾아가건만
당신은 언제나 그 자리에
그렇게 서 있습니다

장례식장

검은 옷을 입고
슬픔 담은 봉투 하나 들고
검은 구두를 끌고 간다
낯선 사진에 절하고
상주와 몇 마디 눈인사를 한 후
군데군데 자리에 앉아
홍어탕을 훌훌 떠먹다가
떡도 먹고 부침개도 먹고

어느 인생 어느 삶이 가벼울까만
수의 하나 달랑 걸친 지금보다
홀가분하지 않을 터
그저 낳고 살고 죽는 것이
한바탕 놀이인 듯
미움도 미련도 훌훌 털어 버리고
하얀 국화꽃에 얹혀
고운 얼굴로 다시 태어나는 곳

기도 2

보이지도 들리지도
만질 수도 없는 당신

꽃바람 이슬비 속에서
당신을 찾았습니다

폭풍우 몰아치는 벌판에서
시퍼런 파도가 밀려오는 바닷가에서
당신을 찾아 헤매었습니다

당신은 누구시길래
어디에서 무얼 하고 계시느냐고
묻고 또 물었습니다

그런데
당신은 언제나
내 등 뒤에 서 계셨습니다

툰레삽 호수

흙먼지 폴폴 날리며
뙤약볕을 몇 시간 달려 다다른 곳은
끝이 보이지 않는 진흙탕 물
산호색 맑은 것만 호수인 줄 알았더니
그 넓은 흙탕 물속에
학교도 있고 집도 있고 가게도 있고 술집도 있다
아이들은 플라스틱 함지박을 타고 등교하고
방물장수 배는 이 집 저 집을 떠다니며 물건을 판다

사방에서 훤히 보이는 집안엔
바싹 마른 여인이 빨래를 널고
식기며 냄비가 얹혀있는 부엌과
그 앞에 쪼그리고 앉은 개와 고양이 그리고 돼지 새끼
집 모퉁이 화분에는 빨갛고 노란 꽃이 피었다

이렇게 한 바퀴 빙빙 돌며 사진 찍고
쯧쯧 혀를 차다 돌아가면 그만인데
군청색 치마에 흰 윗도리가 헐렁한 아이들
학교 창문에 매달려 손을 흔들고
얼기설기 나뭇가지로 엮어 맨 서너 평 남짓한 그 집
빨갛고 노란 꽃은 눈이 부시게 슬펐다

기도 3

정말 무섭고 두려워 숨이 막힐 때
당신을 만났습니다
절벽으로 떨어지듯 눈앞이 캄캄할 때
당신을 만났습니다
그래서 고통도 아픔도 은총이라 했나요

그러나 정작
자식을 보내고 나니
이제까지 고통 아픔은 엄살이고 투정이었습니다
맨정신으로 당신을 바라볼 수도
도무지 당신을 찾을 수도 없었습니다

그런데 당신께
모든 짐을 지우고 탓을 하며
원망하고 미워하는 그 힘으로
내가 버티며 살고 있다는 것을 알았습니다
그 힘이 나를 살렸고 당신은 피신처였습니다

세월이 흘러
아물 수 없는 상처는 상처대로
피고름이 흘러 딱지는 굳어지고

한 가지 얻은 것은
세상 욕심이 없어졌다는 것입니다

병실 풍경

모두들 사연도 아픔도 다르지만
한 병실에 들어서면 가족이 된다
뒹굴며 울다가도 진통제 한 방에 살며시 잠이 들고
피 한 대롱 그깟 것이 무엇이라고
검사 결과에 피가 마른다
만병 특효약이 넘쳐나
그래서 못 나을 병도 없다

의사의 하얀 가운이
펄럭이는 만장과 오버랩 되어
어떤 인생인들 다를까마는
절절히 사무치는
후회와 연민과 회한과 서러움
아직은 아닌데
제발 오늘이 마지막이 아니기를
사소한 일상이 그렇게 아름다울 수가

침대를 맞대고 숨 쉬고 잠자며
환자는 환자대로
보호자는 보호자대로
하루 종일 끼리끼리 엉켜서 어루만진다

동행

갑자기 어느 순간
손때 묻은 살림살이가 구질구질하고
너덜거리는 세간
몽땅 내다 버리고 싶은 날

숯덩이 되어 가라앉은 삶의 파편들
물비늘 되어 스멀거리고
눈 감으면 잊는다 하여 눈감으니
더욱 또렷이 떠오르는 잔상들

어차피 함께 가야 할 길
할퀸 상처가 깊을수록 아무는 시간도 길어
사는 것이 한판 놀이라면
헤집고 들춰본들 매한가지 아닐까

미움과 원망의 끈을 놓아버리니
구름도 보이고 바람 소리도 들려
모든 것이 내 탓이라 생각하니
내려놓기가 이리 쉬운 것을

기도 4

누군가 내게 또 다른 세상
천국이 있느냐고 물었습니다
있어야지요
그래야 먼저 간 내 딸을 만날 수 있으니까요

아스팔트가 지글지글 타들어 가던 팔월에
홀연히 내 딸은 떠났습니다
가는 곳이 어디인지 어떻게 생겼는지
기가 막혀 빈 하늘만 쳐다볼 뿐

그리고 이십여 년이 지난 팔월 그 날짜에
기적처럼 손녀가 내 곁에 왔습니다
팔월이 오면 넋이 나가는 내가 불쌍하셨나요
위로하시려 보내셨나요

데려가는 것도 데려오는 것도 당신 손에 있는데
아깝고 소중한 것 아무것도 없습니다
다만 남은 내 인생
당신 보시기에 조금이라도 예뻤으면 좋겠습니다

4부
화가의 아내

화가의 아내 1

화가의 아내입니다

많고 많은 사람 중
하필이면 가난한 그림쟁이냐고
내내 푸념하셨지요

하지만 어머니
치자꽃 향기 새벽 강바람

그가 끓여주는 모과차 한 잔으로도
배가 부르는
철없는 화가의 아내입니다

화가의 아내 2

담배 연기로 뒤엉켜진 머리카락과
물감 냄새로 범벅된 그의 가슴
밤새워 작업하고
찻물을 끓이는 그의 나른함이 좋다

내가 아직도 꿈을 꾸는가
세상살이에 익숙한 손짓과 목소리로
나를 바라보는
훤칠한 그는 왠지 낯설다

그림이 전혀 돈이 될 수 없던 시절엔
변변한 저녁 한 끼 살 수 없는 그가 야속하기도 했다
그런데 그림이 돈이 되어 쌀도 사고 술도 사오는 날
왜 나는 가슴이 저릴까

화가의 아내 3

미친 듯 달리다 문득 뒤돌아보면
후미진 모퉁이 거미줄에 삭신이 엉켜있고
장마 틈에 길길이 자란 풀들이
내 몸을 뒤덮을 때가 있다
그런 날은 땅바닥에 엎드려 풀을 뽑는다
등줄기를 타고 흐르는 땀범벅이 된 가슴
무엇이 꽃이고 무엇이 잡초인지
땀인지 눈물인지 분간조차 덧없고

'유리구두'를 신고
연탄 한 장으로도 따뜻하고
땅콩 한 줌에 행복했던 그 시절
어떤 사람살이가 허술하랴만
부대끼고 부추기며 가슴 태우던 숱한 날들
전생에 나는 그의 누이였을까 어미였을까
그 모두 회한인 것을
아무 말 없음이 차라리 속 편한걸

화가의 아내 4

한 사발 쌀이 한 자루 튀밥이 되듯
돼지저금통의 동전을 세고 또 세던
그런 세월이 있었습니다

손님이 왔는데 안주는커녕
막걸리 한 되 값도 없어
아궁이에 마른 불만 때고

단칸방에 다니러 온 작은 언니는
슬며시 찬장 속에 돈을 놓고
새벽에 떠났습니다

지금은 주소도 잊어버린 이사 다니던 골목골목
알몸으로 나앉은 짐 보따리 위에
얹혀 앉은 기타 하나

밤늦도록
기타는
나의 유일한 친구였지요

화가의 아내 5

명화 속의 여자처럼
동그란 붉은 입술과 사과 같은 엉덩이
분내 나는 헝클어진 머리와
꿈꾸는 눈빛
착하고 순하고 살림 잘하고
그런 건 전혀 어울리지 않을 매혹적인
그런 여자였으면

다들
살아보면
아무것도 아니고 별것도 없다지만
군더더기 없이 간결한
한 줄 시에 담겨진
잊히지 않을
그런 여자였으면

화가의 아내 6

어디에서 무엇을 하고
어디로 가는지
묻지도 말고 멀리서 바라보는 것이
사랑인줄 알았어요
그는 화가니까요

하루 종일 먼 산을 바라보아도
가을 들녘처럼 쓸쓸히 집을 비워도
그림 때문이겠거니 했어요
자유로운 그는
화가니까요

미처
그를 어루만져 줄 틈이 없었다면 핑계일까요
낮이나 밤이나 부지런 떨며
집 지키고 사는 것이 사랑이라 믿었지요
그 또한 내 마음 같은 줄 알았으니까요

그런데 그 안에 다른 사랑이 살고 있었네요
땅과 하늘이 맞붙어 빙빙 도는
이런 세상이 있을 줄이야

여느 남자 다 그래도 '설마'
바보처럼 살아온 긴 세월

뜰 앞에 서니
새벽안개가 칭칭 나를 감아요

화가의 아내 7

비단 봇짐 싸듯
애지중지 동여매 실어 보낸 후
구석구석 남아있는 물감 자국들
한바탕 태풍이 훑고 지나간 허허벌판

등에 진 짐이 있어 반듯이 걸을 수 있다지만
땀으로 채워진 한 점 한 점의 작품들
열정의 소용돌이 속에 허리는 휘어지고
몇 달 밤샘에 덥수룩한 얼굴

세상살이에 밝으면 순수함이 없고
사람살이에 어두우면 답답하다 하는데
죽을 힘껏 어루만져 세상에 내보내면
또 어떤 매듭을 짓고 올지

곱게 곱게 키워
딸을 시집보내는 이 심정
쌓인 작품만큼 생각도 깊어지는
전시회 전날

화가의 아내 8

조출하게 간결하게 들꽃처럼 살고 싶었습니다
처음부터 장밋빛 호사는 꿈꾸지 않았으니까요
하지만 힘들게 마련한 전시회를 마치고
그대로 가득 싣고 돌아와
'평은 참 대단했어'라고 말하는 당신이
왜 그리 지쳐 보이는지요

내게 숨겨둔 돈이 있어
남몰래 그 작품을 몽땅 사버려
황당하고 서운해 하며
으쓱대는 당신을 그려 봅니다
그야말로 매진이 자랑스러운 것도 아닌
터무니없는 몽상이지요

작업실에 쌓여가는 작품들
또 다른 시작을 위해
스스로 몇몇은
걸어 나가기를 바라는 것이지요

화가의 아내 9

눈 오는 날
드라마를 보며 옛 생각에 잠긴다
첫사랑 짝사랑
이루어지지 않은 사랑
저들의 이별과 슬픔이 내 아픔이다

사는 게 시시하고 지루할수록
내 사랑은 운명이었고 낭만적이었다
'제인 에어'도 되었다가 '심프슨 부인'도 되고
때로는 '라라'도 되어
대사 하나하나를 가슴에 새긴다

아카시아 이파리와 라일락 꽃향기
지금은 그저 아스라한 실바람일 뿐
잊은 듯 꼭꼭 동여매고 알뜰히 살다가도
너울너울 풀어헤치며 울고 싶은
어느 눈 오는 날

화가의 아내 10

당신을
이해하고
용서하고
사랑하려 합니다
함께
손잡고 건너온
산과 강이
너무 애달프고 아름다워

화가의 아내 11

삼월에 내리는 눈처럼
어디로 튈지 모르는 냄비 속 콩처럼
뜬금없고 생뚱맞은 당신
애당초 바라지도 않았지만
살구꽃 향기
달착지근한 망고 속살
때때로 그립기도 했지요

하지만 성격이 팔자를 만든다고
무덤덤하게 사는 것이
잘 사는 것이라 생각했어요
평생 당신이 건네주는
월급봉투 한번 받아 보지 못했어도
아랫돌 빼서 윗돌 막고
물 흐르듯 살아오면서

오래오래 남을
무쇠솥 같은 화가이기를
속으로 빌고 또 빌었지요

화가의 아내 12

화실畵室은 작업실이고 공방이고 실험실이다
물감과 화산재와 알루미늄 그리고 닥종이
온갖 재료와 기계 도구들
쌓여가는 작품들로 이미 창고가 되었다

아홉시부터 다섯시까지
자영업자自營業者라며 놀아도 화실에서 놀고
저녁엔 야근이라며 또 화실로 들어간다

하루 종일
커피와 담배 연기 자욱한 그 안에서
근심도 계절도 멈춰버린 듯
혼자 흥분하고 재미있고 신이 난다

내가 모를 또 다른 세상 속에서
왕궁을 짓고 돌담을 쌓고 강줄기도 내며
혼례식도 하고 달도 따고 소풍을 간다

화가의 아내 13

그린다는 것이
밤새워 그리는 것이
가슴 속 불을 끄는 일
형형색색 빛을 띤 채
터치 하나에 색깔 하나에
스르륵 스르륵

희喜 노老 애愛 락樂
질펀한 생生 놀이
뜸 들이고 다독여 한바탕 풀어내면
봄눈 녹듯 응어리도 풀려
스스로 쌓아 올린 성채에서
평생 하고 싶은 일 할 수 있음이 행복

그러나
나뭇잎 우수수 떨어지고
모락모락 찐빵 같은 눈이 내리면
감출 것도 내세울 것도 없이
얼음골 시린 아픔
나 홀로 녹여내는 뜨거운 숨결

화가의 아내 14

빚을 짊어진 인생이라 말했다
아내에게 자식에게 친구에게
평생 그 빚을 갚아야 하기에
붓을 잡고 망치를 두드리며
밤낮 작업실에 파묻혀 지내는 것이
탕감하는 길이라 생각한다고

그러나 우리 모두 누군가에게
빚지지 않은 사람 어디 있을까
긴 터널을 지나온 지금
당신을 만나
남루한 줄만 알았던 내 인생이 화려했음을
쓸쓸하기만 한 줄 알았던 내 인생이 따뜻했음을

강 건너
들판을 휩쓸고 온 바람이
내게 전한 말
언제나 미안하고 고맙고 사랑한다고

화가의 아내 15

그럭저럭
오랜 세월 함께 살아온 오늘
또다시 누군가를 다시 만난다 한들
네모반듯한 사람은 아닐 듯
양복 입은 깔끔한 차림도 아닐 테고
셈이 밝거나 세상사에 능숙한 사람은 더욱 아닐 듯
그렇지만 혼자만의 세상에 갇혀
늘 쫓기듯 사는 것이 이제는 바라보기도 버거워

지루하고 심심해서 몸살이 난다는 듯
천천히 낯선 골목길을 걷고 싶고
모르는 동네 맛집도 찾아가고 싶어
여느 부부들처럼 끼리끼리 모여 여행을 하거나
함께 장 보러 가는 것은 바라지도 않아
다만 같은 곳을 같이 바라보며
조금은 여유롭게
조금은 되새기며 살고 싶어

화가의 아내 16

나를 낳고 키운
엄마 언니들과 산 세월보다
당신과 산 세월이 더 길어졌습니다
지금 이 집에서
내 인생의 절반을 살았습니다
마당에 나무 한 그루
돌멩이 하나 꽃 한 송이에도
추억과 그리움이 있습니다

'작은 것이 아름답다'는 것이
내 삶의 등대였고 스승이었듯
당신을 만나
소박하고 조용히 살아왔습니다
한 번도 당신은 나를 나무란 적 없고
한 번도 내 편이 아닌 적이 없었습니다
이제까지 이만큼 살아온 것
오로지 당신 덕분입니다

화가의 아내 17

수십 년 동안
내 집에 오는 사람들에게 차와 술과 밥을 대접하다가
찻값을 받으려니 손이 부끄럽고 얼굴이 화끈거렸다
처음으로 해보는 장사
커피를 내리는 것보다 돈 받는 것이 더 어렵다

삼십여 년 동안 해마다 심은 나무와 꽃
평생을 해온 작품들을
내 가족만의 것이 아닌
그림을 좋아하고 사계를 느끼고 싶은
모든 이를 위하여 문을 열었다

이십여 년을 학교에서
또다시 이십여 년은 원도 한도 없이 놀다가
이 작은 공간을 일터로 놀이터로
적은 돈의 의미와 가치를 새롭게 알았고
사람과 사람의 관계를 다시 생각해 본다

꽃피고 비 오고 바람 불고 눈 오는 날
창밖을 바라보며 넘치지도 모자라지도 않기를
그림과 음악과 커피와 함께

내 집에 들어오는 모든 이가 행복하기를

미술관 옆 카페에서 하루를 시작한다

| 발문 |

덕분에 마음은 봄날

정철성(전주대 교수, 문학평론가)

처음 시집이 나온다는 소식을 들었을 때 나는 가볍고 기쁜 마음으로 축하의 말씀을 드리면 될 줄 알았다. 세상일이 거의 그렇듯이 버릇없는 예측이란 예외 없이 어긋나는 법이다. 막상 원고를 받아 펼치니 한 생애의 구절양장이 험한 고개처럼 앞을 가로막고 굽이마다 사연이 똬리를 틀고 있었다. 그때마다 나는 잠시 눈길을 돌려야 했다. 이제 시집의 상재가 코앞이라 더 미룰 수 없는 지경에 이르러 몇 마디 췌언을 덧붙이려 한다.

먼저 「산길」의 전문을 읽어 보자. 이 짧은 시는 산기슭으로 산책을 나섰던 시의 화자가 마주 서서 바라보았던 물상들을 열거하고 있다. 소나무, 감나무, 떡갈나무 등의 나무들과 수수와 억새처럼 키가 큰 풀들, 그리고 장독대 옆 사루비아가 만드는 식물의 세계에는 바람이 주인공이다. 바람이 솔잎과 감을 떨어뜨리고, 떡갈나무 잎을 굴리고, 수수밭을 흔들고 지나간다.

> 솔잎이 수북이 쌓인 비탈길을 걸어보셨나요
> 먹시 감이 후두둑 떨어지는 소리 들어보셨나요
> 수수밭 길 바람과 만나본 적이 있나요

떡갈나무잎 나뒹구는 외딴집 마루를 본 적이 있나요

그 집 장독대 옆 사루비아 꽃은요

허물어진 무덤 옆 은빛 억새풀을 꺾어 본 적이 있나요

그 무덤 속 얼굴을 그려 본 적은요

「산길」 전문

외딴집이 빈집인지 아닌지 모르지만 인기척이 들리지 않는다. 집 주변에 가을색이 완연하다. 솔잎과 떡갈잎은 갈색이고, 거무튀튀한 무늬를 머금은 먹시는 노르스름하다. 그래서 사루비아의 빨간 꽃이 더욱 두드러지는 것인지도 모른다. (사루비아는 샐비어가 아니라 사루비아라고 불러야 꿀맛이 제대로 날 것 같다.) 아직도 선명한 색깔을 뽐내고 있지만 사루비아는 이제 끝물이다. 결실의 계절이라는 가을날의 풍경이 특별한 까닭 없이 쓸쓸하다. 시의 한가운데 박혀있는 "나뒹구는 외딴"이라는 수식어구가 외로움을 "마루"에 덧칠하고 있다. 마지막 두 줄에 이르면 색깔의 흐름이 갑자기 무채색으로 급변한다. 은빛 억새는 환하게 빛나지만 무덤 옆에 있고, 심지어 무덤은 향화가 끊긴 것인지 허물어졌다.

헤어짐의 종류가 여럿이지만 사별이 가장 힘든 일인 까닭은 다시 만날 가능성을 완전히 차단당하기 때문이다. 죽은 줄 알았는데 살아 돌아온 사람은 죽지 않았기에 돌아왔다. 죽은 자를 배웅하는 방법으로는 흙, 물, 불, 공기의 힘을 빌리는 매장, 수장, 화장, 풍장이 있다. 초분과 같은 풍장은 사라진 풍습이 되었고, 부득이한 경우가 아니라면 수장은 예외적이다. 근래에 이르러, 특히 역병이 돌면서, 화장이 흔한 추세이지만 전통적으로는 매장이 보통의 예법이었다. 무덤 안에서 육탈의 과정을 밟고 있는 한 육신을 떠올려 보자. 봉분 아래 새로 쌓은 흙무더기가 무겁지만 정성을 들인 천광의 흙다짐이 촘촘하고 관곽의 두께가 서운하지 않으니 무너지는 일은 없을 것이다. 수의를 입은 육신이 조용히 잠들어 있다. 깨어나지 않을 잠이다. 그리고 그의 몸이 서서히 부패의 과정에 들어선다. 이것을 눈앞에서 벌어지는 것처럼 그려보며 삶의 덧없음을 체득하라는 권고가 있다. 시신의 변화는 부인할 수 없는 사실이나 그것을 가르침으로 받아들이기는 쉽지 않다. 다시 무덤 안을 들여다보자. 이 무덤은 "허물어진 무덤"이다. 그렇다면 무덤의 주인이 다시 돌아와도 하얀 촉루가 자신의 흔적인지 아닌지 알아보기 어려울 정도로 오랜 세월이 흘렀다. 무덤 속에는 얼굴이 없다. 그런데 시의 화자는 "무덤 속 얼굴을 그려 본 적"이 있느냐고 묻는다. 이것은 해골에 살을 입혀 생전의 얼굴을 복원해 보라고 요청하는 것이 아니다. 화자의 질문은 무덤 속에 생전의 모습 그대로 잠들어 있을지도 모르는 망자의 얼굴을 떠올리면서 함께 기억을 되살려 보자는 권유처럼 들린다. 나는 어느 날 뿔나팔 소리가 들리고 모든 죽은 자들이 무덤 속에서 일어나 행진을 할 것이라는 주장을 반신반의한다. 그러나 죽은 자의 얼굴이 바뀌지 않는 것은 나의 체험 속에서 사실이다. "무덤 속 얼굴"을 그려보자는 화자의 말에서 나는 그의 가장 아름다운 모습으로 사람을 기억하라는 충고를 듣는다. 다른 시에서 시인은 장례식장을 이렇게 묘사하고 있다.

살고 죽는 것이

한바탕 놀이인 듯

미움도 미련도 훌훌 털어 버리고

하얀 국화꽃에 얹혀

고운 얼굴로 다시 태어나는 곳

「장례식장」 부분

「산길」에 나오는 일곱 개의 "요"는 누가 들으라고 하는 질문이 아니라 혼잣말이다. 이에 비하여 아래의 「큰언니」는 누가 들어주기를 기대하는 혼잣말이다. 그분이 누구인지 알고는 있지만 실제로 그분이 어떤 분인지 속내를 알지 못하는 집안 식구들이 읽으면 가장 좋은 독자가 될 시이다. 화자의 "큰언니"는 남편에게는 처형이, 아이들에게는 큰이모가 된다.

큰언니는 내게 어머니입니다

어머니는 항상 먼발치에 서 있고

씻기고 재우고 업어준 것은 큰언니였지요

아버지 얼굴도 모르는 막내가

언 가슴에 생손앓이로

열여섯 살 차이이니 딸 같다 했습니다

아이에서 소녀로 처녀로 너울너울 날아갈 때마다

큰언니는 내 허물을 벗겨주고

은빛 금빛 새 날개를 달아 주었지요

나 시집간 이듬해 어머니 돌아가시고

삼 년 후 딸을 낳자 큰언니는 외할머니였습니다

나를 키우듯 여전히 딸에게 빵도 구워 주고

인형도 사주고 옷도 책도 사주었습니다

그런 큰언니가 나를 몰라봅니다
뉘시오, 어디 사시오 묻습니다

아버지는 나귀 타고 장에 가시고
뜸북뜸북 뜸북새 논에서 울고
긴 밤 지새우고 풀잎마다 맺힌
아들 이름도 내 얼굴도 잊어버렸지만
초롱초롱 노래는 잘 부릅니다
하루 종일 노래만 부릅니다

「큰언니」 전문

여기 막내가 시의 화자이다. 아버지가 돌아가시자 생계를 짊어진 어머니에게는 막내까지 보살필 겨를이 없었다. 그때 어머니의 자리를 대신한 것이 큰언니였다. 큰언니의 손에서 막내는 아이, 소녀, 처녀를 거쳐 성장하였고, 결혼도 했다. 막내가 딸아이를 낳자 큰언니는 이모가 아니라 외할머니의 역할을 스스로 차지했다. 그런 큰언니가 사람을 몰라보는 치매에 걸렸다. “그런 큰언니가 나를 몰라봅니다”라는 말은 서글프다. “뉘시오, 어디 사시오”라고 묻는 말은 더욱 쓰라리다. 판단의 기준에 따라 다르겠지만, 내가 보기에, 치매는 암보다 더 무서운 질병이다. 병상의 큰언니가 노래를 부른다. 아들의 이름도 까먹고, 그토록 아끼던 막내도 몰라보면서 노래를 부른다. 큰언니의 가창 목록에는 동요 「맴맴」과 「오빠 생각」, 그리고 「아침 이슬」이 있다. 「맴맴」과 「오빠 생각」은 둘 다 일제강점기에 나온 노래이니 세상에 알려진 것이 백 년이 넘었다. 노래의 햇수를 헤아리다가 나는 우리가 「아침 이슬」을 부르기 시작한 것이 50년 전이라는 것에 놀랐다. 그리고 이런 노래들이 큰언니의 생각 속에서 가장 낮은 곳에 자리를 잡고 있다는 사실에 경이를 넘어 신묘에 근접하는 감동을 받았다. 몸은 그대로인데 마음이 온전하지 못한 경우가 있으니 사람을 몸과 마음으로 나누는 것이 그냥 엉터리는 아니다. 그 마음의 바닥에 노래가 있음을 큰언니가 보여 주었다. 나는 큰언니가 노래를 부르면서 행복했을 것이라고 믿는다.

큰언니는 가까운 친인척 가운데 아무 다툼도 원망도 없는 유일한 인물처럼 보인다. 시의 화자가 부모에 대하여 가지는 양가적인 감정과 사뭇 다르다. 그녀의 첫 이름은 서분이였다. 이름이 마음에 들지 않았던 어린 소녀의 표정이 아래의 시 「서분이」에 그대로 실려 있다.

서운하고 분하다고 서분이였을까
넷째 딸 '끝자'가 두 살에 죽고
뒤따라 태어난 서분이
툇마루에 앉아 아버지는 담배만 피우고
어머니는 핏덩이를 돌돌 말아 윗목에 밀쳐놓고

서운이 서북이 제멋대로 불리다
초등학교 입학 즈음
밝고 순하게 살라 개명했지만
서분이는 질질 그림자를 끌고
오랫동안 나를 따라다녔다

「서분이」 전문

아이의 이름을 이렇게 지어도 아무도 상관하지 않던 시절이 있었다. 어려서 죽은 손위 언니의 이름도 심상치 않다. “끝자”는 이제 더 이상 아이를 낳지 않겠다는 선언에 동원되기도 했지만, 그보다 훨씬 더 높은 빈도로 딸 부잣집 여식의 이름으로 선택되었다. 딸을 그만 낳고 아들을 낳으라는 주술적인 바람이 들어간 이름들의 예를 나는 지금도 기억한다. 딸그만, 끝순, 한자로 바꾸어 종희, 그리고 차남, 후남, 남경 등이 그런 이름들이다. “서운하고 분하다고 서분이”는 여기서 한 걸음 더 나아갔다. 환영받지 못한 존재였다는 것을 단지 암시하는 것만으로도 어린 마음은 큰 상처를 입는다. 그런데 이 시집에 등장하는 화자는 부모에게 무조건 순종하는 딸이 아니라 하고 싶은 일은 여하튼 하고 마는 성격의 소유자이다. 아버지가 일찍 돌아가신 덕분에 서분이가 주로 갈등하는 대상은 어머니였다.

나의 어머니는 곰보였습니다
그 흉터가 무에 그리 부끄러웠는지
길에서 마주쳐도 나는 딴청만 부렸습니다
어머니 아래로 열하나를 낳아 열은 돌 안에 잃고
마지막 외삼촌 하나만 건진 외할머니는
딸이라서 글을 가르치지 않았답니다
그래도 어머니는
버스도 잘 타고 셈도 아주 잘하는 여장부였습니다
일찍 청상이 되어 큰살림을 꾸리며
항상 문 칸 방에는 멸치 장사 소쿠리 장사들을

재워주고 먹여주었습니다
그때는 그게 왜 그리도 싫었던지

내 생일엔 팔자 순하라고 수수팥떡을
도시락엔 달걀말이를 잊지 않았고
해질녘이면 문밖에서 기다리셨습니다
새벽인지 밤인지 손등이 벌겋도록 일을 해도
나는 아랫목에서 책만 읽었습니다
큰딸을 남편처럼 작은딸은 친구로
셋째 딸은 그저 자식같이 막내인 나는 아들로
그래서 일곱 살까지 나는 바지저고리와 두루마기를 입었습니다

큰언니가 첫아들을 낳았을 때
그리고 내가 선생이 되었을 때
어머니는 환하게 웃으셨습니다
평생 좋다 나쁘다 별말이 없던 어머니였는데
그런 어머니에게 따뜻한 밥상 한번 차려 드리지 못한 게
내내 억울하고 속이 상합니다
내 나이 스물여섯에 돌아가셨으니 철도 들었으련만

제삿날 명절날
뒤늦게 어머니 밥상을 차려드립니다.
그리고 이제 와 곰곰이 생각해 보니
어머니 얼굴이 부처님상이었습니다

「어머니」 전문

「어머니」는 이 시집에서 가장 긴 시이다. 그만큼 할 말이 많았을 것이다. 부모의 흠을 드러내는 것은 한국 사회에서 여전히 금기에 가깝다. 그런데 화자는 천연두를 앓고 난 후 어머니의 얼굴에 남았던 상처를 언급한다. 어린 시절의 화자는 어머니가 부끄러웠다. 장애가 놀림의 대상이 되었던 시절이라고 해도 용서받지 못할 행동이었다는 자책을 면할 수가 없다. 생활력이 강한 어머니는 인심도 후해서 지나가는 장사꾼들을 재워주기도 했는데 어린 딸은 그것마저 마땅치 않았다. 누구나 어린 시절 응석이나 투정을 과하게 부려 부모를 노엽게 했던 기억이 있다. 그러나 어머니가 견뎌야 했던 신산은 그 원인이 화자에게 있는 것도 아니고 어머니 자신에게 있는 것도 아니었다. 외할머니와 어머니 두 세대에 걸쳐있는 불행은 영유아 사망률이 높았던 영양 및 위생 상태와 남아를 선호했던 사회의 어긋난 기대에서 비롯된 것이었다. 외할머니는 열두 아이를 낳아 딸 하나와 아들 하나를 건졌다. 외할머니의 큰딸이었던 어머니는 딸만 다섯을 낳았고 그중 하나를 잃었다. 생존률이 35%이다. 막내에게 남자 옷을 입혀 키운 것도 아들을 보지 못한 서운함의 발로였을 것이다. 굳이 희생양이 필요한 경우에는 이 모든 변고의 원인으로 며느리를 지목하기도 한다. 그러니 어머니가 첫 손자를 품에 안았을 때, 그리고 당신의 막내딸이 번듯하게 교사가 되었을 때, 그 기쁨이 얼마나 컸을까? 해원도 그런 해원이 없었을 것이다.

"팔자 순하라고 수수팥떡"을 생일마다 잊지 않고 챙겨 주었는데 딸이 데려온 신랑감은 화가였다. 어머니는 "많고 많은 사람 중에 / 하필이면 가난한 그림쟁이냐고 / 내내 푸념하셨"다.(「화가의 아내 1」) 내 귀에는, 이 장면에서, 그림쟁이가 아니라 환쟁이라는 환청이 들린다. 세월이 지난 지금 생각하면 정말 낭만적인 선택이었다. 그렇지 않은가? 시의 화자가 낭만적으로 생각하는 인물들이 「화가의 아내 9」에 등장한다. 제인 에어, 심프슨 부인, 라라가 그들이다. 라라는 『닥터 지바고』에 나오는 라리사 안티포바일 것이다. 시의 화자는 세 여인을 "눈 오는 날 / 드라마를 보며" 떠올리고 있다. 화자는 여인들이 운명과 낭만이라는 두 기둥 위에 세운 사랑의 신전에서 배회하고 있다. 나는 소설, 뉴스, 영화라는 별도의 매체를 통하여 제인 에어, 심프슨 부인, 그리고 라라를 처음 만났다. 그러나 이들의 사랑을 복합적인 시각으로 보게 된 것은 한참 후의 일이다. 제인의 강단, 용기, 기품에 감탄하였지만 붉은 방과 다락방의 의미는 눈에 들어오지 않았다. 로체스터의 부유함이 어디에서 나왔는지 진지하게 살펴본 것도 『광막한 사르가소 바다』를 읽고 난 후였다. 에드워드 8세가 왕관을 버리고 사랑을 선택했다는 소문에 대하여는 처음부터 별 감동이 없었다. 영국의 왕위 계승이 그야말로 먼 나라의 이야기였기 때문이다. 심프슨 부인의 행보가 사랑인지 욕망인지 의심스러운 것도 그 사랑의 진의를 의심하게 만들었다. 『닥터 지바고』는 영화로 처음 만났다. 어린 유리가 자작나무 위를 바라볼 때 화면 가득 하늘이 펼쳐지던 모습이 인상적이었고, 세모꼴 공명통을 가진 발랄라이카의 음색도 신기하였다. 그러나 러시아 혁명의 세계사적 의미와 그 한계를 고려하면서 적백내전의 소용돌이에 휘말린 라라의 운명을 파악하는 것은 여전히 밀린 숙제로 남아 있다. 이런 낭만이 이국적이고 서구적이라는 것을 거리를 두고 살필 수 있게 된 것이 그나마 위안이다.

물을 건너온 낭만이 생활에 들어와 자리를 잡으면 색깔을 잃는다. 그리하여 "이렇게 덧없는 것이 사랑일 줄 / 진정 몰랐습니다"라는 탄식을 내뱉게 되고,(「물속에 감추어둔 말들」) "터진 만두 속 같은 심사"를 추스르기 바쁘게 된다.(「이사 가는 날」) 화자가 말하는 사랑의 정체는 밝혀진 것보다 감추어진 것이 많아서 파악하기 어렵다. 나는 이러한 정황을 더도 말고 덜도 말고 그만큼만 알아주면 좋겠다는 요청으로 받아들인다. 그럼에도 불구하고 화자가 자기 정체성의 일부로 받아들이는 "화가의 아내"의 대하여 언급하지 않을 수 없다. 「화가의 아내 2」에는 다음과 같은 구절이 있다.

그림이 전혀 돈이 될 수 없던 시절엔
변변한 저녁 한 끼 살 수 없는 그가 약속하기도 했다
그런데 그림이 돈이 되어 쌀도 사고 술도 사오는 날
왜 나는 가슴이 저릴까

「화가의 아내 2」 부분

이것도 아니고 저것도 아니라는 말은 그저 변명이나 회피가 아니다. 저것에는 이것이 없고, 이것에는 저것이 없다. 돈이 될 수 없던 시절은 길었다. 그래서 약속했다. 돈이 가져온 것에는 무엇인가 빠져있다. 그래서 가슴이 저린다. 우리는 둘 다 가질 수 없다. 그런데 하나씩 가지게 되었다면 결국 둘 다 가지게 된 것이 아닌가? "남루한 줄만 알았던 내 인생이 화려했음"과 "쓸쓸하기만 한 줄 알았던 내 인생이 따뜻했음"을 알면 족하지 않은가?(「화가의 아내 14」) 이 정도의 만족이라면 충분히 쓸쓸함을 면할 수 있겠다. 그런데 화가에게는 화가의 아내가 넘볼 수 없는 "혼자만의 세상"이 있다.(「화가의 아내 15」) 그는 "(아)내가 모를 또 다른 세상 속에서 / 왕궁을 짓고 돌담을 쌓고 강줄기도 내며 / 혼례식도 하고 달도 따고 소풍을 간다".(「화가의 아내 12」) 나는 화가가 만드는 또 다른 세상이, 바로 위의 인용문에 보이는 것과 유사하게, 아무짝에도 쓸모가 없어 야속하기도 하고 그것이 아니면 이 세상도 사라질 것처럼 가슴이 저리기도 한 것이라고 생각한다. 나에게는 그것이 없어도 그만이고 있으면 더욱 좋다. 화가가 그것을 목숨보다 더 소중하게 여긴다면 그가 목숨을 걸고 지키게 내버려 두자.

시의 화자에게는 화가에게 없는 것이 있다. 그것도 둘씩이나 있다. 그 하나는 기도이고, 다른 하나는 시이다. 외할머니와 어머니가 그랬듯이 화자도 딸을 잃었다. 애통함 속에서 화자는 그녀가 "당신"이라고 부르는 절대자에게 호소한다. "원망하고 미워하는 그 힘으로 / 내가 버티며 살고 있다는 것을 알았습니다 / 그 힘이 나를 살렸고 당신은 피신처였습니다".(「기도 3」) 화자가 기도하는 대상은 대신 문제를 풀어주는 해결사가 아니라 원망을 그대로 들어주는 청취자이다. 나는 화자의 기도가 간구라기보다는 수용이라고 생각한다. 그녀의 기도는 "언제나 그 자리에 / 그렇게 서 있"는 신을 향하고 있다.(「기도 1」) 그 신을 이름이 아니라 당신이라는 호칭으로 부르는 것도 눈여겨볼 만하다. 그리고 시는 그녀가 의지할 수 있는 장소이고 사람이다. 일상이 우울하고 막막할 때 시의 화자는 "시라는 것에 기대어 / 나를 다독이고 쓰다듬는다". (「시 2」) 나는 「자화상」에 그려진 소망이 화자가 쓰는 시 속에서, 그리고 시를 쓰는 최명순 선생의 삶 속에서, 그대로 이루어질 것을 믿어 의심치 않는다.

마음은 여전히 꽃피는 봄날
내 모습 어딘가에
곱게 눈부셨던 흔적 하나 남아있기를
내 목소리 어딘가에
맑고 수줍은 미소 하나 남아있기를

「자화상」 부분

시인 최명순
전북대학교 영어영문학과를 졸업하고 중학교와 고등학교 교사로 일했다.
『물속에 감추어둔 말들』은 오랫동안 문학을 꿈꾸어왔던 그의 첫 시집이다.

물속에 감추어둔 말들

1판 1쇄 찍은 날 2022년 7월 22일
1판 1쇄 펴낸 날 2022년 7월 29일

지은이 최명순
펴낸이 김완준

펴낸곳 모악

출판등록 2016년 1월 21일 제2016-000004호
주소 경북 예천군 호명면 강변로 258-52, 201호
전화 054-855-8601
이메일 moakbooks@daum.net

ISBN 979-11-88071-49-4 03810

값 10,000원